la courte échelle

D1500719

Les éditions la courte échelle inc.
Montréal • Toronto • Paris

Gilles Gauthier

Né en 1943, Gilles Gauthier a d'abord écrit du théâtre pour enfants: *On n'est pas des enfants d'école,* en 1979, avec le Théâtre de la Marmaille; *Je suis un ours!,* en 1982, d'après un album de Jörg Muller et Jörg Steiner; *Comment devenir parfait en trois jours,* en 1986, d'après une histoire de Stephen Manes. Ses pièces ont été présentées dans de nombreux festivals internationaux (Toronto, Vancouver, Lyon, Bruxelles, Berlin) et ont été traduites en langue anglaise. Son roman *Ne touchez pas à ma Babouche,* publié à la courte échelle, a reçu le prix d'excellence Livres 1989 de l'Association des consommateurs du Québec et le prix Alvine-Bélisle 1989 qui couronne le meilleur livre jeunesse de l'année.

Il prépare d'autres romans pour les jeunes, de même que des contes et une série de dessins animés pour Radio-Québec.

Pierre-André Derome

Pierre-André Derome est né en 1952. Après ses études en design graphique, il a travaillé quelques années à l'ONF où il a conçu plusieurs affiches de films et illustré le diaporama *La chasse-galerie.* Par la suite, il a été directeur artistique pour une maison de graphisme publicitaire.

Depuis 1985, il collabore étroitement avec la courte échelle puisque c'est son bureau, Derome design, qui signe la conception graphique des produits de la maison d'édition.

Ma Babouche pour toujours est le quatrième roman qu'il illustre. Et ce n'est sûrement pas le dernier.

Les éditions la courte échelle inc.
5243, boul. Saint-Laurent
Montréal (Québec) H2T 1S4

Conception graphique:
Derome design inc.

Révision des textes:
Odette Lord

Dépôt légal, 3e trimestre 1990
Bibliothèque nationale du Québec

Données de catalogage avant publication (Canada)

Gauthier, Gilles, 1943-

    Ma Babouche pour toujours

    (Premier Roman; PR 14)
    Pour enfants à partir de 7 ans.

    ISBN: 2-89021-128-2

    I. Derome, Pierre-André, 1952- II. Titre. III. Collection.

PS8563.A98M32 1990   jC843'.54   C90-096052-3
PS9563.A98M32 1990
PZ23.G69Ma 1990

Gilles Gauthier

Ma Babouche pour toujours

Illustrations
de Pierre-André Derome

1
Comme un grand trou au coeur

— Les vétérinaires sont des bons à rien. Toutes leurs piqûres sont inutiles. Ils font semblant de soigner les bêtes et les laissent mourir.

Ensuite, ils disent n'importe quoi. Que c'est à cause de la vieillesse. Qu'à un certain âge, on ne peut plus rien faire.

C'est un menteur, ton vétérinaire, maman. À neuf ans, personne n'est vieux. Même pas une chienne. On ne meurt pas à neuf ans.

C'est vrai que Babouche avait

mal aux pattes depuis quelque temps. Mais as-tu déjà vu quelqu'un mourir d'avoir mal aux pattes, toi?

Des pattes, ça se soigne quand on s'y prend comme il faut!

— Le vétérinaire t'a expliqué, Carl. C'est le coeur de Babouche qui a lâché.

— Babouche avait plus de coeur que tous les vétérinaires du monde.

Ce n'est pas le coeur de ma chienne qui a lâché. C'est ton ignorant de vétérinaire qui l'a empoisonnée. Avec ses cochonneries de médicaments.

Tout ce que Babouche voulait, c'était vivre encore un ou deux ans, tranquille, avec nous. Ton vétérinaire s'en est mêlé, et maintenant je suis tout seul.

— Calme-toi, Carl. Il faut essayer de te calmer. Tu sais très bien que le docteur Normand a fait tout ce qu'il a pu, mais que Babouche...

— ... était trop vieille! Ça fait dix fois que tu me le répètes. Et moi, je te répète que ton docteur Normand a menti. Ma chienne n'avait aucune raison de mourir.

— Babouche était malade.

— Je ne l'ai jamais entendue se plaindre, moi.

— Elle passait ses journées à se lécher les pattes tant elles lui faisaient mal. Tu l'as vue comme moi.

— Tous les chiens se lèchent les pattes. Ce ne sont pas des cochons, les chiens! Ils se lavent!

— Elle avait de plus en plus de mal à respirer.

— Babouche avait le goût de vivre, même avec des pattes un peu croches, même en boitant un peu.

— Elle maigrissait à vue d'oeil.

— Ça se serait replacé. Avec le temps. Il fallait lui donner le temps. Ma chienne n'a jamais été une lâcheuse.

Sans l'aide de ton «brillant» docteur, jamais Babouche ne m'aurait abandonné.

2
J'ai mal

Depuis que Babouche est morte, plus rien ne m'intéresse dans la vie. Rien.

À l'école, c'est le désastre. Moi qui n'aimais pas ça d'avance, maintenant, tout me pue au nez.

Je ne veux plus rien savoir de personne. Ça m'est égal d'avoir des zéros partout!

J'aurais le goût de tout lâcher.

Je ne veux rien savoir non plus de Garry avec son petit chien niaiseux.

CHAUSSON! Est-ce que

c'est un nom assez épais à votre goût?

Et le pire, c'est que le chien va bien avec le nom.

Le père de Garry n'a pas dû payer ça cher, cet agrès-là!

Je veux bien croire que quand tu sors de prison, tu n'as pas beaucoup d'argent, mais tout de même! Il me semble qu'il aurait pu se forcer un peu.

Garry passe son temps à me demander d'aller jouer chez lui depuis que je n'ai plus ma chienne. Ça ne sert à rien, je n'ai pas le goût de jouer.

Et je suis totalement incapable de le sentir, son Chausson stupide!

J'aime mieux penser à Babouche.

La plupart du temps, quand j'y pense, je me sens tout croche en dedans. J'ai les yeux pleins d'eau.

Puis tranquillement, ça se calme. Il arrive même que je me mette à rire tout seul, couché

sur mon pupitre dans la classe.
En me rappelant les folies que
ma chienne faisait.

Je la revois encore, tard le
soir, refuser d'aller faire son
pipi. Simplement parce qu'il
pleut dehors et que madame ne
veut pas se mouiller les pattes
dans le gazon.

Je la vois sortir sur la pointe des pieds en essayant d'éviter chaque goutte d'eau, comme une danseuse de ballet.

Je la revois aussi quand on revenait de l'épicerie avec la nourriture, maman et moi. De l'aide, je vous dis que là, on en avait!

Babouche dans les jambes dès qu'on arrivait avec les sacs pleins jusqu'au bord. Dans nos jambes jusqu'à la porte de la maison. Jusque dans la cuisine.

La tête dans les sacs pour voir ce que l'on avait acheté. La tête dans le réfrigérateur pour voir passer chaque morceau de viande. En espérant recevoir un petit cadeau.

Je voudrais tellement qu'elle revienne. J'étais tellement heureux avec ma chienne.

Pourquoi est-ce qu'elle est morte?

Pourquoi est-ce que c'est Babouche qui est partie? Comme papa.

Et pas un petit chien stupide comme Chausson?

3
J'ai peur

Maman ne sait plus quoi faire de moi. À la maison, je suis toujours triste, je n'ai jamais faim. Je sens Nicole très malheureuse.

Elle essaie de temps en temps de me parler, mais je n'ai pas le coeur à l'écouter. Je sais d'avance ce qu'elle va me dire.

Elle ne peut pas me redonner la seule chose qui me manque: ma chienne.

Avec sa vieille fourrure bizarre qui perdait ses poils partout. Sa fourrure chaude. Douce.

Quand je me couche le soir, il me semble qu'elle est là, à mes pieds. Avec son air de bergère allemande qui a fait la guerre. Avec ses grands yeux vitreux.

Sans elle, la maison est comme vide, inhabitée.

Babouche me manque. Je l'aimais tellement.

J'ai aimé Babouche autant que j'aime Nicole, j'en suis sûr. C'est drôle à dire, mais c'est comme ça.

D'ailleurs, moi, je pense qu'il n'y a pas une si grande différence entre les bêtes et les humains.

Babouche me parlait, elle aussi. Avec ses yeux, ses oreilles, son corps. Et parfois, quand elle se mettait à japper, on aurait dit qu'elle faisait des phrases. Je comprenais tout ce qu'elle me disait.

J'ai aimé Babouche comme j'aime maman. Et comme j'ai aimé papa quand il était là.

Mais aujourd'hui, j'ai peur. J'ai peur qu'après Babouche, après papa, il y ait encore un autre nom sur la liste.

Je ne veux pas me retrouver seul au monde.

Sans Nicole.

4
La surprise de Garry

Ce matin, j'ai eu toute une surprise. Garry est arrivé à la porte de chez moi avec Chausson.

Quand je les ai aperçus, je me suis fâché. J'ai crié à Garry de retourner chez lui avec son chien affreux. Mais Garry est resté calme et m'a dit qu'il voulait absolument me parler.

Nicole est venue et m'a convaincu de les laisser entrer au moins quelques minutes. Le temps de savoir ce que Garry avait à me dire.

Et là, j'ai eu la surprise de ma vie.

Garry m'a offert son chien. Il a dit qu'il avait bien réfléchi à son affaire et qu'il était maintenant convaincu que j'avais plus besoin d'un chien que lui.

Il a ajouté qu'il savait que Chausson n'était pas intelligent comme Babouche, mais qu'à la longue, je pourrais sûrement lui apprendre des petites choses, à lui aussi. Il a insisté pour que j'accepte.

Je ne savais plus quoi penser. Deux minutes avant, je détestais Chausson sans même l'avoir vu de près. Maintenant, je ne savais plus.

Nicole a demandé à Garry si son père était au courant de sa démarche. Il a répondu que tous deux en avaient discuté et que son père était d'accord.

Chausson était là, devant moi, les yeux ronds, la queue battante, avec l'air d'attendre mon verdict.

Garry a ajouté que comme c'était un jeune chien, il aurait moins de problèmes à s'habituer à un nouveau maître. Et comme j'avais une longue expérience des chiens...

J'étais figé, incapable de me faire une idée en face de cette drôle de tête poilue qui me regardait du coin de l'oeil.

Devant mon embarras, Garry a finalement ouvert la porte en disant:

— Prends le temps d'y penser. Et pour que tu puisses te faire une bonne idée, je te laisse Chausson pour la nuit. Je repasserai demain dans la journée.

Sans que j'aie pu réagir, j'ai vu Garry sortir en courant, et Chausson se précipiter vers la porte pour suivre son maître.

J'ai été tenté à ce moment-là d'ouvrir la porte et de laisser partir Chausson. Mais je ne sais pas pourquoi, je n'ai pas bougé.

Au bout d'un moment,

Chausson s'est calmé et s'est
assis devant la porte. Ses oreilles
se dressaient au moindre bruit.
Puis il s'est retourné et m'a

regardé droit dans les yeux.

Pour la première fois, il m'est apparu moins stupide.

C'est sûrement un drôle de chien qui n'a rien à voir avec Babouche.

Mais il a un regard intelligent.

5
Chien à l'essai

C'est tout un moineau, ce Chausson-là! Un vrai bouffon!

D'abord monsieur ne boit que du lait. Nicole et moi, on s'en est vite aperçus. Et il se barbouille tellement le museau

en buvant qu'il finit par ressembler au Père Noël.

Côté nourriture, ce n'est pas un cadeau non plus. Il a toutes les misères du monde à croquer les graines qu'on lui a achetées. Il lui faudrait presque un casse-noisettes à côté de son plat.

Et il est tellement petit qu'il réussit à peine à grimper sur mon lit. Il a déjà fait deux grands trous dans mon couvre-lit en jouant à

Tarzan avec ses griffes de chat.

En parlant de chat, je sais maintenant que Chausson a au moins un point en commun avec Babouche. Il a aussi peur qu'elle de Tigris, le matou des Marleau.

Quand il l'a aperçu hier soir dans la rue, il s'est mis à trembler et est venu se coller sur moi. On aurait presque dit Babouche.

Il y a une chose cependant qui me paraît évidente. C'est que Chausson n'a jamais cessé de penser à Garry depuis qu'il est ici. Pas une seconde.

Après avoir eu l'air de s'amuser pendant un bout de temps, il est revenu régulièrement vers la porte. Comme pour voir si Garry y était.

C'est fidèle, un chien. Bien plus que Garry ne pense. Ce n'est pas un jouet qui peut changer de propriétaire, du jour au lendemain. Même pour une bonne raison.

Chausson est déjà très attaché à Garry. Ça se voit. Ça se sent.

Il est moins bête que je ne pensais, Chausson, et je pourrais probablement en faire quelque chose de bien avec le temps. Mais sa place n'est pas ici.

Elle est auprès de Garry, l'ami le plus extraordinaire que j'ai jamais eu.

À part Babouche, bien entendu.

6
Chien à garde partagée

Quand Garry est revenu à la maison pour savoir ce que j'avais décidé, ça s'est drôlement passé.

Au lieu de parler, j'ai couru comme un fou vers Garry et je l'ai serré dans mes bras. Comme ça, sans y avoir pensé à l'avance.

Je savais ce que Chausson représentait pour Garry. Et je l'ai serré dans mes bras pour lui montrer que j'appréciais ce qu'il avait voulu faire pour moi.

On a pleuré tous les deux.

Moi, ce n'est pas surprenant, je pleure tout le temps. Mais c'était la première fois que je voyais Garry pleurer.

Quand on a été calmés, je lui ai dit clairement ce que je pensais. Chausson, c'est son chien, et pas question qu'il me le donne. Mais je suis prêt à l'aider à l'élever.

Garry a répondu qu'il souhaitait profiter au maximum de mon expérience. Il veut que j'enseigne à Chausson tout ce que je sais. On a même déjà commencé à «l'instruire».

J'avais montré à Babouche à compter jusqu'à deux. Avec des biscuits. Dès qu'elle jappait une fois, je lui donnais un biscuit. Si elle jappait deux fois de suite, c'était deux biscuits.

Elle n'a jamais su compter jusqu'à trois. Et ce n'est pas parce que je n'ai pas essayé. Babouche a mangé des tonnes de biscuits. Rien à faire.

Elle devait avoir une sorte de blocage devant le chiffre trois. Une «difficulté d'apprentissage», comme ils disent à l'école.

Nicole m'a déjà expliqué que j'avais eu bien du mal, moi aussi, avec ce chiffre-là. Quand j'avais trois ans, je montrais toujours deux doigts lorsque les gens me demandaient mon âge. Babouche était un peu comme moi.

Avec Chausson, on a décidé de nous y prendre de bonne heure, moi et Garry. Chausson est jeune, il devrait apprendre plus vite.

Du moins, c'est ce qu'on pensait avant de vider deux boîtes complètes de biscuits au chocolat. Et de l'entendre japper encore n'importe comment, le ventre gonflé comme un ballon de football.

7
Babouche, papa,
Nicole et moi

Je ne sais pas comment maman fait pour deviner à quoi je
pense. C'est arrivé encore hier,
au moment où on regardait des
diapositives.

Devant une diapo où papa tenait bébé Babouche dans ses bras, Nicole a deviné que c'est à elle que je pensais. À ce qui m'arriverait si elle aussi disparaissait.

Et on a longtemps parlé ensemble. De la vie et de la mort.

Nicole m'a expliqué que Babouche était vieille, malade. Qu'elle était partie après nous avoir donné tout ce qu'elle pouvait.

C'est sûr que c'était difficile pour moi de voir le vétérinaire emporter le corps de Babouche. Après que je lui ai fait mes adieux.

Mais Nicole m'a fait comprendre que le vétérinaire n'a pas emporté le plus important.

Pendant des années, on a été

heureux avec Babouche. Jamais personne ne pourra nous enlever ces années-là. Babouche restera toujours un gros morceau de bonheur en plein coeur de notre vie. Toujours.

Pour papa, j'ai senti que Nicole avait plus de mal à m'expliquer.

Elle m'a dit que dans la vie, c'est un peu comme au théâtre. Il y a des acteurs qui restent longtemps sur la scène, d'autres, moins. Mais chacun a un rôle unique à jouer, et tous les rôles sont importants.

Chacun doit trouver son rôle et le jouer le mieux possible. Pour que la vie de tout le monde soit la plus belle possible.

Babouche et papa ont bien joué leur rôle. Nicole dit qu'elle a été extrêmement heureuse avec papa. Et que papa m'aimait beaucoup.

Elle a dit qu'elle était fière de moi. Que moi aussi, j'avais bien joué mon rôle jusqu'ici. Auprès d'elle comme auprès de Babouche et de papa.

Et elle m'a assuré qu'elle n'avait pas l'intention de me laisser seul sur la grande scène de la vie.

On a longtemps parlé ensemble, moi et Nicole, et ça m'a fait beaucoup de bien. On a parlé et on a ri ensemble.

On a ri de Babouche aux Îles-de-la-Madeleine qui jouait pendant des heures à chasser les goélands. Ils voulaient se poser sur «SA» plage.

On a ri de Babouche, malade d'avoir trop mangé de ses «fruits de mer», de ses vieilles carapaces de homard toutes séchées.

On a ri de notre chienne, incapable de souffler les bougies sur son gâteau d'anniversaire.

De notre lave-vaisselle à quatre pattes, prêt à nettoyer les assiettes de tout le monde après chaque repas.

De la folle qui croyait apercevoir un autre chien à chaque fois qu'elle se voyait dans un miroir.

De Babouche, déguisée en joueur de hockey pour l'Halloween.

On a aussi pleuré ensemble.
En parlant de Babouche.
En pensant à papa.

8
Les
Îles-de-ma-Babouche

Aujourd'hui, j'ai deux grandes nouvelles.

Premièrement, Nicole m'a parlé des vacances de cet été. Et devinez où on s'en va?

Aux Îles-de-la-Madeleine!

Mais ce n'est pas tout. Devinez qui vient avec nous?

Ça ne sert à rien, vous ne devinerez jamais.

GARRY! CHAUSSON! Tout le monde s'en va aux Îles.

Depuis que Nicole m'a appris la nouvelle, je n'arrive plus à dormir. J'ai tellement hâte que l'école finisse que j'aurais le goût de sauter des jours. De mettre un moteur à la terre pour qu'elle tourne plus vite.

Garry n'est jamais allé aux Îles. Je vais lui faire découvrir toutes nos cachettes, à moi et à Babouche. Dans les grottes de roche rouge sur le bord de la mer. Chausson va sûrement se perdre là-dedans.

Et la deuxième grande nouvelle?

C'est que j'ai décidé d'écrire un livre pendant les vacances. Un vrai livre comme on en trouve dans les bibliothèques et les librairies.

Mais pas n'importe quel livre, pas un livre ennuyeux ou un livre de bébé.

Un livre sur BABOUCHE!

Je vais raconter l'histoire de ma chienne. Tout ce qu'on a vécu ensemble, toutes nos folies.

Ça va être un livre drôle par bouts et pas mal triste à d'autres moments.

Mais ça va être surtout un vrai livre, un livre qui parle d'un vrai enfant de neuf ans, moi, avec une vraie chienne de neuf ans, Babouche.

Quand Babouche est morte, j'ai voulu la faire empailler, mais Nicole a refusé. Elle avait raison, finalement. C'est laid un animal empaillé. C'est comme figé.

Avec mon livre, tout le monde va avoir une bien meilleure idée de qui c'était, ma chienne. Ça va être un peu comme si je lui redonnais une deuxième vie.

Je n'ai pas encore trouvé le titre, mais il devrait y avoir Babouche dedans. Vu que c'est elle, la vedette.

Je pense que je sais déjà comment je vais commencer.

Imaginez Babouche couchée dans le salon à la maison. Elle dort et elle rêve comme elle faisait souvent. Moi, je suis à côté et je décris ce que je vois.

Le début de mon livre, ça devrait être quelque chose comme:

Tiens! Babouche qui rêve encore.

Comme ça, on a tout de suite l'impression que Babouche vit toujours.

Et c'est ça que je veux!